Rosamunde Pilcher

Meine beiden Mütter

Rosamunde Pilcher

Meine beiden Mütter

Aus dem Englischen
von Mechthild Sandberg-Ciletti

Wunderlich

1. Auflage September 2010

Illustrationen Annika Meier
Umschlaggestaltung Hafen Werbeagentur, Hamburg
(Umschlagabbildung: Annika Meier; billybear / fotolia)
Satz Adobe Caslon PostScript (InDesign)
bei KCS GmbH, Buchholz bei Hamburg
Druck und Bindung GGP Media GmbH, Pößneck
Printed in Germany
ISBN 978 3 8052 5011 5

Meine beiden Mütter

Meine Mutter kam als eines von acht Kindern arbeitsamer Bauern auf den Orkney-Inseln auf die Welt. Als die Familie später in Not geriet – ich tippe auf ein Alkoholproblem meines Großvaters, obwohl das nie bestätigt wurde –, musste der Hof verkauft werden, und die Familie übersiedelte nach Glasgow. Alle Brüder und eine Schwester meiner Mutter emigrierten in die Vereinigten Staaten, zurück blieben nur sie und zwei Schwestern. Die eine, Davina, heiratete einen Arzt, der in der tiefsten Wildnis der Western Highlands lebte. Die andere, Nan, wurde die Frau eines netten Mannes, der im Ersten Weltkrieg als Sergeant bei den Argyll and Sutherland Highlanders gedient hatte. Er arbeitete in Glasgow, und die Familie wohnte sehr gemütlich in einer Mietskaserne mit Wäscheleine im Gemeinschaftshof und feinem Wohnzimmer, das für die seltenen Besuche des Herrn Pfarrers geschont wurde.

Meine Mutter heiratete meinen Vater. Er war bei der Königlichen Marine angestellt, und ich kann nur vermuten, dass die beiden sich kennenlernten, als sein Schiff in Glasgow im Hafen lag. Einzelheiten wurden uns nie erzählt. Wie dem auch sei: Sie verlobten sich, und meine Mutter reiste, ganz allein, nach Hongkong. Dort, in der St.-John's-Kathedrale, ließen sie und mein Vater sich trauen und machten anschließend zwei Tage Flitterwochen in Kowloon. Mein Vater quittierte den Dienst bei der Marine, und sie gingen nach Australien, wo er hoffte, als Farmer sein Glück machen zu können. Aber die schönen Pläne scheiterten, und am Ende blieb ihnen nichts anderes übrig, als nach Hause zurückzukehren. Mein Vater musste sein Gewehr verkaufen, um die Überfahrt bezahlen zu können. Inzwischen hatten sie eine kleine Tochter, meine ältere Schwester, die 1919 in Turramurra zur Welt gekommen war.

Ich glaube, meine Mutter lernte ihre Schwiegereltern erst nach der Heimkehr kennen. Es war keine glückliche Begegnung. Die Eltern meines Vaters fanden, vielleicht nicht ganz zu Unrecht, ihr ältester Sohn habe unter seinem Stand geheiratet, und waren entsetzt, dass meine Schwester, die mittlerweile fünf Jahre alt war, mit starkem australischem Akzent sprach. Meine Mutter hat ihnen diese Zurückweisung nie verziehen, und bei den wenigen folgenden Familientreffen lag stets eine gewisse Kühle in der Luft, die großenteils von meiner Mutter ausging. Das war traurig, denn ich selbst erinnere mich nur an die Wärme und Herzlichkeit dieser Onkel und Tanten und hätte sie und meine Cousins und Cousinen gern öfter gesehen.

Das Leben nach dem Ersten Weltkrieg war nicht leicht und Arbeit schwer zu finden. Schließlich wurde meinem Vater eine Anstellung beim Staat angeboten, die allerdings seinen Umzug nach Burma erforderte. Er sollte in Rangun die Ausbaggerungsarbeiten im Irrawaddy leiten, die notwendig waren, um den Flusshafen für die aus Mandalay kommenden Schiffe mit ihren kostbaren Ladungen von Teakholz und Rubinen offen zu halten. Es war ein verantwortungsvoller Posten, und mein Vater wurde entsprechend nobel untergebracht. Meine Mutter, die mit mir schwanger war, begleitete ihn nicht. Auf sich selbst gestellt, überlegte sie, wo sie gern leben und ihre beiden Kinder großziehen würde, und entschied sich für Cornwall, das sie von einem Besuch bei einer Freundin kannte. Wenn sie schon ihre Kinder allein großziehen musste, sagte sie sich, dann wenigstens in angenehmer Umgebung.

Sie ließ sich in Lelant an der Hayle-Mündung nieder, nur ungefähr fünf Kilometer von St. Ives entfernt. In der kleinen Pension, in der sie dort zunächst unterkroch, kam ich zur Welt. Später zogen wir in ein gemietetes Haus, The Elms, wo wir bis zum Beginn des Zweiten Weltkriegs im Jahr 1939 lebten.

Ohne Vater aufzuwachsen war zu jener Zeit nichts Ungewöhnliches. Viele Männer waren in Indien, Malaya oder Afrika, wo sie auf Gummiplantagen arbeiteten oder auf andere Art, häufig beim Militär, das Ihre dazu beitrugen, das Britische Weltreich am Laufen zu halten. Da ich meinen Vater nie kennengelernt hatte, vermisste ich ihn nicht, aber für meine Schwester muss es schlimm gewesen sein. Sie war fünf Jahre alt, als er, bis dahin ein wichtiger Teil ihrer Familie, aus ihrem Leben verschwand. Seine Stationierung in Burma bedeutete praktisch einen Abschied für immer. Nur alle drei oder vier Jahre bekam er drei Monate Heimaturlaub. Die Fliegerei steckte damals noch in den Kinderschuhen, und die P&O-Schiffe brauchten drei Wochen für die Fahrt durch den Indischen Ozean, den Suezkanal und das Mittelmeer. Telefonverbindungen existierten nicht, zur Benachrichtigung in einem Notfall gab es nur das Telegramm. Er schrieb uns zwar wöchentlich, jede von uns bekam ihren eigenen, gewissenhaft getippten Brief, und wir antworteten regelmäßig. Dennoch war der Verlust für ein kleines Mädchen, das an seinem Vater hing, sicher traumatisch. Meine Schwester flüchtete in die Welt der Bücher. Sie hatte sehr früh lesen gelernt, und bei ihren Büchern fand sie Zuflucht vor den täglichen Beschwernissen und Enttäuschungen des Lebens. An dieser Art des Rückzugs hielt sie fest wie an einer Droge bis zu dem Tag, an dem sie in Sausalito, Kalifornien, mit 52 Jahren an Krebs starb.

Wir waren sicher nicht nur Schwestern, sondern auch Freundinnen, aber wir spielten nur selten miteinander. Manchmal jedoch, vor allem, wenn es draußen regnete, gingen wir ins Kinderzimmer hinauf und setzten mit Hingabe ihre liebste Wunschvorstellung in Szene: Wir verkleideten uns als Erwachsene und spielten «Unser Vater kommt nach Hause». Die Speichertreppe war der Zug nach London, das Gästezimmer der Hafen und der Treppenabsatz die Gangway, wo wir auf ihn warteten, während er vom Oberdeck des P&O-Schiffs herunterkam.

Ihre zweite Leidenschaft neben dem Lesen war das Tanzen. Wir hatten beide Ballettstunden, aber meine Schwester war dabei vom ersten Tag an in ihrem Element. Sie übte Pirouetten und Arabesken bis zum Umfallen und setzte alles daran, mich mitzureißen. Aber ich hasste die Tanzerei, ich war steif und ungelenk und hopste wie ein Elefant im Anfängerkurs herum. Unsere Lehrerin hieß Miss Fildes. Sie hatte rote Haare. Meine Schwester schwärmte für sie.

Was ich mir sehnlich wünschte, war Klavierunterricht. In unserem Kaminzimmer stand ein altes Klavier, und es quälte mich sehr zu wissen, dass man diesem glänzenden schwarzen Kasten Musik entlocken konnte, wenn man nur wusste, wie. Ich fand ein altes Buch mit Studentenliedern und übte, bis ich jede einzelne Melodie mit einem Finger klimpern konnte. Aber weiter bin ich nie gekommen.

Ich bin sicher, mein Vater hätte sofort gespürt, was mich bewegte. Er hätte die Ballettstunden gestrichen und mich das Klavierspielen lernen lassen. Aber meine Mutter konnte sehr unachtsam sein. Vielleicht steckte auch eine Absicht dahinter. Vielleicht waren ihr schon der Stress um die Ballettstunden, die Kosten, die Organisation des Hinbringens und Abholens zu viel.

Noch in einer anderen Hinsicht war unser Familienleben unvollkommen. Aus Gründen, die ich nie verstanden habe, beschloss meine Mutter, der Kirche der Christlichen Wissen-

schaft beizutreten. Ich würde niemandem empfehlen, seine Kinder unter das Joch dieser arroganten Lehre zu zwingen. Für uns bedeutete ihr Beitritt zu dieser Glaubensgemeinschaft, dass wir nicht wie alle anderen in die schöne alte Dorfkirche durften, die mit Blick aufs Meer am Rand des Golfplatzes stand. Ich wurde zwar in dieser Kirche getauft, aber das war auch das einzige Mal, dass ich «offiziell» ihre Schwelle überschritt. Wenn wir krank waren, Fieber hatten oder beinahe am Keuchhusten erstickten, gab uns unsere Mutter nur den guten Rat, an schöne Dinge zu denken. Ihre neue Religion verweigerte uns den Zuspruch und die Hilfe des Dorfpastors oder eines Hausarztes, weil sie Männer waren, und nur äußerst selten betrat überhaupt ein Mann unser Haus.

Die Folge war, dass ich Männer unglaublich interessant fand und überall ihre Freundschaft suchte. Ich freundete mich mit dem Kohlenmann an, der uns auf seinem Pferdekarren die Kohlen lieferte. Und mit Willis, der ein kleines Pony und einen Transportwagen hatte, mit dem er das Gepäck vom Bahnhof den Hügel heraufbrachte. Das tat er immer, wenn

Reisende aus London kamen, die in den großen Herrschaftshäusern zu Gast waren. Und wenn doch einmal ein Handwerker zu uns ins Haus kam, um einen tropfenden Wasserhahn zu richten oder eine Wand zu streichen, trieb ich ihn mit meiner penetranten Anhänglichkeit und endlosen Fragen fast in den Wahnsinn.

Trotzdem war ich ein glückliches Kind. Da meine Schwester nicht sehr gesellig war, lernte ich, mir selbst genug zu sein, und wenn ich Gesellschaft brauchte, spielte ich mit den Jungs von nebenan. Beschränkungen gab es kaum. Ich amüsierte mich im Garten, bis ich irgendwann durch das Törchen zur Straße hinausschlüpfte und zum kleinen Bahnhof und zum Kiefernwald stromerte. Von dort aus ging es weiter über die Gleise hinunter zum Flussdelta. Die wechselnden Gezeiten dort boten mir endlose Unterhaltung.

Als wir älter wurden, gingen wir an den großen Strand. Meine Mutter kam niemals mit. Sie mochte den Sand und den kühlen Meereswind nicht. Aber an der Kirche versammelte sich immer eine kleine Gruppe Strandgänger. Der schlossen wir uns an und marschierten, mit unserem Picknickkorb gerüstet, in einem lockeren Zug aus Kindern, jungen Leuten, Hunden und Kinderfrauen, manchmal auch ein paar unerschrockenen Eltern zum Strand. Damals musste ich die bittere Wahrheit

erfahren, dass das Picknick anderer immer leckerer ist als das eigene.

Meine Mutter führte ihr eigenes Leben. Sie war eine versierte Schneiderin und hatte immer irgendetwas in Arbeit, ein Kleid, Vorhänge oder Baumwollkittel für ihre beiden Töchter. Und doch war sie nicht völlig ungesellig. Hier und da gab es eine Einladung zum Tee oder zum Mah-Jongg. Zu ihren Freunden zählte sie vor allem die Paradiesvögel des Dorfs, aber es waren auch ehemalige Kollegen meines Vaters aus Burma darunter, die sich, jetzt im Ruhestand, in der Nähe niedergelassen hatten. Sonst aber hatte sie für gesellschaftlichen Umgang nicht viel übrig, wenngleich die Jungs von nebenan gern mit ihren Freunden zu uns zum Tee kamen. Meine Mutter war eine leidenschaftliche Bäckerin und hatte immer Berge von Scones und Pfannkuchen für eine Horde hungriger Jungs da.

Im Sommer quartierten sich manchmal Freunde von außerhalb bei uns ein oder mieteten das Haus unserer Nachbarn, wenn diese für länger nach London verreisten, um sich die

Stadtluft um die Nase wehen zu lassen. Die liebsten Gäste waren uns die Gilberts, eine kapriziöse irische Familie. Henry Gilbert war mit meinem Vater zusammen bei der Marine gewesen. Er hatte vier lebhafte Töchter und eine schottische Ehefrau, die mit Vorliebe den ganzen Tag am Feuer saß, Briefe schrieb und Pfefferminztaler aß. Die Mädchen waren laut und überschwänglich. Ich war glücklich, wenn sie uns besuchten, denn dann wurde unendlich viel gelacht, es gab herzhafte Umarmungen, und immer war jemand da, der mich huckepack nahm, wenn mich die eigenen Beine nicht mehr tragen wollten.

Wir verreisten selten. In Cornwall zu leben ist ein wenig so, als wäre man das ganze Jahr im Urlaub. Überall wartete Schönes auf uns: der Atlantische Ozean, die weißen Strände, die windgekämmten Dünen. Die kleinen Golfplätze in der kargen Dünenlandschaft, wo es immer nach Thymian duftete. Die langen Sommer, die kurzen, stürmischen Winter, auf die ein wunderbar zeitiger Frühling folgte. Die Eisenbahnfahrten nach St. Ives dicht an den hohen Klippen entlang und danach Einkäufe in den steilen, schmalen Straßen des Städt-

chens. Die Werkstätten von Malern, Töpfern, Bildhauern und Schriftstellern, die sich hier überall angesiedelt hatten. Der Spaß, bäuchlings auf einem Schwimmbrett am Porthmeor Beach über die Wellen zu gleiten oder an einem kalten, grauen Winternachmittag den Klippenweg entlangzuwandern. Die landeinwärts gelegenen Moore und der Trencrom Hill, wo immer die ersten Schlüsselblumen blühten. Das gepflegte grüne Land, auf dem Jiffy Tyringham, unser Gutsherr, lebte und wo jeden Sommer das Kirchenfest stattfand. Und unser kleines Dorf mit dem Kramladen, dem Metzger, dem Süßwarengeschäft, dem Postamt und dem Pub. Der Duft von Veilchen, von blühendem Liguster und der feine herbe Geruch der Escallonia. Und immer die salzige Frische der See und das dumpfe Donnern der fernen Brandung, die sich an den Küstenfelsen brach.

Wir gingen zur Schule. Ich hatte Unterricht bei der Frau des Pastors, und meine Schwester besuchte die St.-Clare-Schule in Penzance. Als ich acht wurde, folgte ich ihr dorthin und beschloss gleich am ersten Tag, ich müsste eine beste Freundin haben. Meine Wahl fiel auf ein stämmiges kleines Mädchen mit dunklem Pagenkopf. Wir tanzten zu den blechernen Klängen eines alten Klaviers die Polka zusammen. Am Ende dieses ersten Schultags stürmte ich nach der Heimfahrt im Bus mit der Neuigkeit ins Haus, dass ich schon eine beste Freundin hätte.

Meine Mutter lachte. Sie nahm mich nie ganz ernst.

«Doch, wirklich», behauptete ich.

«Warte bis morgen, dann wirst du schon sehen, ob sie dich noch mag.»

«Ganz bestimmt.»

Und so war es auch. Sarah Trembath blieb bis zu ihrem Tod meine Freundin.

Und ihre Mutter, Kitty Trembath, wurde meine zweite Mutter.

Jim Trembath war der Filialleiter der Lloyds Bank in Penzance, dieses stattlichen Kuppelbaus, der wie eine florentinische Kirche am oberen Ende der Market Jew Street steht. Die Trembaths waren Bauern, die ursprünglich aus Cornwall stammten. Irgendwann war die ganze Sippschaft mit ihrer riesigen Viehherde nach Gloucestershire übergesiedelt, ein Unternehmen, bei dem sämtliche Männer der Familie, gleich welchen Alters, mit anpacken mussten. Jim, der als zweitgeborener Sohn keinen Anspruch auf den Hof hatte, wurde bei der Lloyds Bank in die Lehre gesteckt. Er machte Karriere, heiratete, bekam mit seiner Frau zwei Kinder und hatte es schon zum Filialleiter in einer Kleinstadt in Derbyshire gebracht, als ihm der Posten in Penzance angeboten wurde.

Also kehrte er in seine ursprüngliche Heimat Cornwall zurück und bezog mit seiner Familie eine weiße Villa im frühviktorianischen Stil zwischen Penzance und Newlyn. Das Haus stand in einem großen ummauerten Garten, der sich den Hang hinunterzog, und bot einen – leider durch eine Zeile trister Reihenhäuser getrübten – Blick auf die Mount's Bay.

Jim war Gärtner aus Leidenschaft. Seine ererbte Liebe zum Land und zu allem, was grünt und blüht, konnte er in seinem Garten ausleben. Jedes Wochenende und jeden Sommerabend war er in abgetragenen alten Klamotten draußen, beim Heckenschneiden, Hochbinden seiner Pflanzen, beim Unkrautjäten und Gießen. Er zog Spalierpfirsiche an der hohen Gartenmauer und befruchtete sie mit Hilfe der Blume eines Kaninchens, die er an einer langen Stange befestigt hatte. In seinem Garten standen Birnbäume, in einem verglasten Treibbeet zog er Gurken, und seine Wicken waren spektakulär. Er hatte ein altes Gewächshaus, in dem es immer nach Freesien roch, und einen ratternden Motormäher, der einen Riesenlärm machte, wenn er ihn auf dem kleinen Tennisplatz hin und her schob, damit wir das Netz aufstellen und eine Partie spielen konnten.

Er hatte auch ein Auto, einen alten Austin mit Notsitz, aber das blieb die Woche über in der Garage (einer ehemaligen Remise), denn die anderthalb Kilometer zur Arbeit ging er bei jedem Wetter zu Fuß. Er war ein magerer, gepflegter Mann mit glänzend geputzten Schuhen und einer Blume im Knopfloch. Wenn er an Sommersonntagen den Wagen herausholte, quetschten wir uns alle hinein und unternahmen Picknickausflüge nach Rinsey, Prussia, Porthcurno oder Treen. Oder wir fuhren quer über die schmale Landzunge zu der tief unter den gewaltigen Klippen gelegenen kleinen Bucht von Portherris.

Niemand konnte besser vorlesen als er. Jeder Figur gab er ihre eigene Stimme, ohne je die Sprache seiner Heimat Cornwall zu verleugnen. Er las uns TARKA DER OTTER vor, und am Ende schluchzten wir alle. Er las DIE SCHATZINSEL, aber der blinde Pew machte uns solche Angst, dass er aufhören und das Buch verstecken musste.

Abends, wenn wir schon schliefen, kam er nach oben und legte jeder von uns ein Karamellbonbon ans Bett. Das war vielleicht nicht gut für die Zähne, aber wir stürzten uns morgens nach dem Aufwachen mit Begeisterung darauf.

Harriet, Sarahs große Schwester, war zwei Jahre älter als Sarah und ich, aber ihre Gutmütigkeit und die ihr angeborene Liebenswürdigkeit ließen keine Streitereien zwischen uns aufkommen. Sie war ein gescheites und gewissenhaftes Mädchen, immer Klassenbeste, gut in allem, was sie anfing. Sie sang sogar im Schulchor. Ich hatte sie sehr gern und wünschte oft, meine Schwester wäre auch so kameradschaftlich. Stattdessen hielt sie mir ständig vor, ich sei die Dummheit in Person.

Die Mutter der beiden, Kitty Trembath, stammte aus dem Süden von Wales. Als ich sie kennenlernte, muss sie Ende dreißig gewesen sein, eine Frau mit einem frischen Gesicht und einem Lächeln, das sie schön machte. Und sie lächelte viel. Von unserer ersten Begegnung an gab sie mir das Gefühl, etwas Besonderes zu sein, als wäre ich genau der Mensch, den sie gerade sehen wollte. Sie führte den Haushalt mit Hilfe einer Köchin (Hilda) und eines Hausmädchens (Eileen). Eine Kinderfrau hatte sie nicht, obwohl man das selbst in diesem bescheidenen Rahmen erwartet hätte. Aber sie liebte ihre Kinder zu sehr, um sie jemand anderem zu überlassen.

Das Haus war alt. Niemandem war je eingefallen, es zu modernisieren, sodass es nun ein wenig schäbig und heruntergekommen wirkte. Drinnen roch es nach Bohnerwachs und, zu meinem Entzücken, eine Spur muffig wie in einem Trödelladen. Überraschend war, dass man bei seiner Erbauung daran

gedacht hatte, eine richtige Toilette mit rosafarbener Schüssel, einem Spülkasten und einer Zugkette zu installieren. Aber kein Badezimmer – das war erst später eingebaut worden, von einem früheren Eigentümer, der die glorreiche Idee gehabt hatte, es auf dem Absatz der breiten Treppe zum oberen Stockwerk einrichten zu lassen. Es war ein schlichter Holzanbau, der über dem Küchengarten an die Mauer geklebt war und von zwei stämmigen Pfosten getragen wurde. Im Winter war es eiskalt, und ich wartete immer darauf, dass es sich eines Tages aus seiner Verankerung lösen und auf die Wäscheleine hinunterkrachen würde. Aber das passierte nicht.

Unten waren ein Salon, ein Esszimmer, ein Frühstückszimmer und die altertümliche Küche samt gusseisernem Herd mit Holzfeuerung und einer riesigen Spülküche. Das Frühstückszimmer überließ man den Kindern. Es war kein Kinderzimmer im eigentlichen Sinn, sondern eher eine Art Familienzimmer mit durchgesessenen Sofas, Regalen voller Bücher und einem offenen Kamin, in dem in den Wintermonaten gleich morgens ein Feuer angezündet wurde, das schon hell und warm brannte, wenn wir fertig gefrühstückt hatten.

Das erste Mal besuchte ich die Trembaths an einem Samstag im November. Sarah hatte mich zum Mittagessen eingeladen, und die ganze Busfahrt nach Penzance flatterte ich vor Spannung und Nervosität. Würden die Trembaths mich mögen? Was würde es zu essen geben, und was sollte ich tun, wenn es Rosenkohl gab? Würde man mir gleich die Toilette zeigen? Was, wenn ich meine Rückfahrkarte für den Bus verlor?

Aber alles ging gut. Mrs. Trembath und Sarah holten mich am Bus ab, und einen wunderbaren Moment lang glaubte ich, Mrs. Trembath würde mich umarmen. Als wir nach kurzem Weg bei den Trembaths ankamen, werkelte dort im Gemüsebeet des großen Gartens der Gärtner, der sich als Sarahs Vater entpuppte. Gegessen wurde im Esszimmer am ordentlich gedeckten Tisch. Zu meiner Erleichterung gab es Blumenkohl zum Hammelragout und zum Nachtisch Wackelpudding.

Wir spielten den ganzen Nachmittag draußen Verstecken. Das Grundstück war so groß, dass dort jedes Spiel möglich war. Es gab sogar ein von Heckenrosen überwachsenes Gartenhaus und eine riesige alte Kastanie. Als es dunkel wurde, gingen wir hinein und aßen zu Abend, dann war es Zeit für mich, wieder nach Hause zu fahren. Mr. Trembath brachte mich zum Bus und wartete mit mir, bis er kam. In einem Rausch glücklicher Erinnerung und voller Hoffnung, dass ich bald wieder eingeladen werden würde, fuhr ich nach Hause.

Als ich in Lelant ankam, war es dunkel. Allein ging ich die dunkle Landstraße hinunter. Weit und breit gab es keine Lampe, und über mir schwankten die kahlen Äste der Bäume im salzigen Meereswind. Ich begann zu laufen. Mir war kalt, und ich wollte schnell nach Hause, um meiner Mutter alles bis ins Kleinste zu erzählen.

Sie amüsierte sich über meine Aufgeregtheit.

«Na, das war aber ein schöner Nachmittag.»

«Ja. Hoffentlich laden sie mich wieder ein.»

«Darauf würde ich mich lieber nicht verlassen.»

Ich hoffte es trotzdem. Und ich wurde nicht enttäuscht.

Nach ein paar Monaten gehörte ich bei den Trembaths praktisch zur Familie. Harriet und Sarah wurden mir die kameradschaftlichen Schwestern, die ich vermisst hatte, und bald durfte ich ihre Eltern Onkel Jim und Tante Kitty nennen. Im Sommerhalbjahr, wenn Cornwall sich von seiner schönsten Seite zeigte, wurde ich für die ganzen Zwischenferien, also vier Tage von Donnerstag bis Dienstag, zu ihnen eingeladen.

Ich war außer mir vor Freude und Aufregung. Obwohl ich noch nie längere Zeit allein von zu Hause fort gewesen war, warf ich keinen Blick zurück, als ich mich am Donnerstagmorgen mit Schulranzen und kleiner Reisetasche auf den Weg zur Schule machte. Meine Mutter, auf die viel Arbeit wartete – neue Wohnzimmervorhänge mussten genäht, eine Rabatte gejätet und eine Mah-Jongg-Einladung vorbereitet werden –, war wahrscheinlich ganz froh, mich losgeworden zu sein. Und meine Schwester war mehr denn je mit ihren Büchern und ihrer Tanzerei beschäftigt. Miss Fildes bereitete eine Aufführung vor, und meine Schwester wollte unbedingt die Rolle der Columbine in einer kleinen Ballettnummer haben. Wenn sie nicht über irgendeinem Buch saß, übte sie entweder an der Stange (dem oberen Treppengeländer) oder klebte Bilder von Irina Baranova an die Wand ihres Zimmers.

Die Tage bei den Trembaths, abends in meinem eigenen Zimmer schlafen zu gehen, morgens zum gemeinsamen Frühstück nach unten zu laufen, waren ein besonderes Erlebnis für mich. Das Wetter war frühlingshaft, aber auch wenn es regnete, fiel Tante Kitty immer etwas ein, um uns zu unterhalten, sei es mit einem Päckchen Abziehbildern oder neuen Malbüchern, die sie uns mit der Ankündigung präsentierte, dass die beste Farbenkünstlerin einen Preis bekommen würde. Der Preis bestand aus einem Karamellbonbon oder einer kleinen Tafel Nestlé-Schokolade, und zuletzt bekam immer jede von uns einen, weil sie ein weiches Herz hatte und keine enttäuschten Gesichter ertragen konnte.

Das Leben war nicht üppig. Teure Vergnügungen gab es nicht, nicht einmal zu Weihnachten, aber Tante Kitty verstand es, sich spannende Beschäftigungen für uns auszudenken. Sie konnte auch den langweiligsten Spaziergang zu einer Entdeckungsreise oder einem Abenteuer machen. Sie hatte ein tiefes Verständnis für Kinder, und ich bin überzeugt, dass unsere Gesellschaft ihr lieber war als die von Erwachsenen, besonders wenn sie unsensibel waren.

Im Salon stand ein Flügel. Tante Kitty war keine große Pianistin, aber ihre Künste reichten aus, um bei der Reise nach Jerusalem für uns zu spielen oder uns drei zu begleiten, wenn

wir singen wollten und uns mit Inbrunst in Lieder wie *Blow Away The Morning Dew* oder *Sweet Lass of Richmond Hill* stürzten.

Es gab auch ein Radio bei den Trembaths, das bei uns zu Hause fehlte, und wir hörten uns regelmäßig Henry Hall und sein Orchester an oder *In Town Tonight*, eine der ersten Talksendungen. Manchmal durften wir samstagabends eine Operette hören – *Die lustige Witwe*, *Wenn die kleinen Veilchen blühen* –, dann machte Tante Kitty das Licht aus, und wir taten so, als wären wir im Theater. Das Kaminfeuer war das Rampenlicht, und in der «Pause» wurde eine kleine Dose Cadbury-Pralinen herumgereicht.

Sie war fromm, und ihr anglikanischer Glaube bedeutete ihr sehr viel. Sonntags ging sie in die Kirche, und manchmal kamen wir mit, spazierten die Promenade von Penzance entlang und dann die steile Straße hinauf zur St.-Mary's-Kirche. Die Gottesdienste waren sehr hochkirchlich, mit Räucherduft und Glockengeläut, gesungener Eucharistiefeier und Weihrauchschwaden, und wir waren immer froh, wenn wir wieder an die frische Luft kamen und mit der erfreulichen Aussicht auf das Sonntagsmahl nach Hause gehen konnten.

Es dauerte einige Zeit, bis meine Mutter und Tante Kitty einander kennenlernten. Ein rauschender Erfolg wurde dieses erste Zusammentreffen allerdings nicht. Meine Mutter plagte die Eifersucht auf diese Fremde, an der ich so sehr hing, und Tante Kitty konnte meiner Mutter nicht verzeihen, dass sie sich der Christlichen Wissenschaft verschrieben hatte.

Als ich Tante Kitty in aller Unschuld davon erzählte, war sie erschüttert. Sie sah, nicht ganz unbegründet, meine geistigen und körperlichen Bedürfnisse vernachlässigt, und ich glaube, von diesem Moment an änderten und vertieften sich ihre Gefühle für mich. Ich war nicht mehr nur eine Schulfreundin von Sarah, sondern ein gefährdetes und bedürftiges Kind. Am liebsten hätte sie mich für immer unter ihre Fittiche genommen und mein Leben in die Bahnen gelenkt, denen meine Zukunft ihrer Meinung nach folgen sollte.

Natürlich spürte ich die Rivalität zwischen meinen beiden Müttern, aber ich wollte sie nicht wahrhaben. Mit Loyalitätskonflikten umzugehen ist immer schwierig. Aber es ist ganz unmöglich, wenn man erst zehn Jahre alt ist.

Als ich zwölf wurde, schloss meine Schwester, die inzwischen siebzehn war, die Schule ab, und meine Mutter beschloss, für ein Jahr mit ihr nach Burma zu gehen. Sie wollte ihr Gelegenheit geben, ihren Horizont zu erweitern und eine Zeitlang mit unserem Vater zusammenzuleben. Ich würde allein zurückbleiben und in dieser Zeit das Internat der St.-Clare's-Schule besuchen. Die Ferien sollte ich bei Freunden oder Bekannten verbringen, die eventuell bereit wären, mich aufzunehmen. Mir gefiel das gar nicht, und ebenso wenig gefiel es Tante Kitty. Sie schluckte ihren Stolz hinunter und rief meine Mutter an. Ob sie ihr nicht bitte, bitte gestatten würde, mich für dieses eine Jahr bei sich und ihrer Familie aufzunehmen. Ich könne dann jeden Tag mit Sarah und Harriet zur Schule gehen, wir könnten die Ferien gemeinsam verbringen, und sie und Onkel Jim würden selbstverständlich gewissenhaft für mich sorgen.

Meine Mutter war gar nicht begeistert von dem Plan. Vielleicht hatte sie das Gefühl, mich abzugeben, mich sozusagen einfach weiterzureichen. Außerdem konnte sie es gar nicht leiden, wenn man ihr Entscheidungen oder die Kontrolle aus der Hand nehmen wollte. Zunächst also lehnte sie den Vorschlag ab. Aber dann griff mein Vater ein, Briefe wurden gewechselt, und schließlich gab meine Mutter nach. Ich war zutiefst erleichtert.

Die Passagen wurden gebucht, die Schiffskoffer gepackt. Die Nähmaschine lief heiß unter den Händen meiner Mutter, die am laufenden Band leichte Kleider heruntersteppte. Dann kam der Tag des Lebewohls, und meine Mutter und meine Schwester entschwanden mit dem Zug nach London. Tante Kitty begleitete mich zum Bahnhof, um sie zu verabschieden. Als der Zug nicht mehr zu sehen war, gingen wir durch den Schalterraum hinaus auf den Parkplatz, wo der alte Austin der Trembaths auf uns wartete.

Im fliegenden Wechsel von Schul- und Ferientagen und ineinanderrinnenden Jahreszeiten eilte das Jahr ohne meine Familie dahin. Morgens gingen wir drei Mädchen zur Schule, nachmittags um vier kamen wir zum Tee und zu den Hausaufgaben wieder nach Hause. Tante Kitty war streng bei den Hausaufgaben und bestand darauf, dass sie sofort erledigt wurden, damit wir danach unbeschwert spielen und den Rest des Abends genießen konnten. Doch ganz anders als meine Mutter war sie immer bereit, uns zu helfen, wenn wir auf Schwierigkeiten stießen. Sie nahm uns die Arbeit nicht ab, aber sie war da und hatte ein Sprachlexikon oder eine Enzyklopädie zur Hand, wenn sie gebraucht wurde, und sie hörte uns französische Verben oder Geschichtsdaten ab. Nur in Mathe war sie überhaupt keine Hilfe. Oft saßen wir Stunden über unserer Algebra und ihren tückischen Fragestellungen. Wenn wir vier Pfund, acht Schillinge und vier Pence durch ein Pfund, zwei Schillinge und sechs Pence teilen sollten, rauchten uns die Köpfe. Obwohl wir in allen anderen Fächern gute Noten bekamen, hinkten Sarah und ich in Mathe hoffnungslos hinterher.

In den Osterferien unternahmen wir Ausflüge, auf denen wir große Sträuße Schlüsselblumen pflückten, und wenn die Temperaturen es auch nur halbwegs zuließen, nahmen wir ein kurzes Bad im Meer. Nur einen eisigen Moment lang stürzten wir uns in die Brandung, bevor wir wieder heraussprangen und blau vor Kälte den Strand hinaufrannten, um uns abzutrocknen, in warme Pullover zu hüllen und uns zur Linderung der Qual einen Ingwerkeks geben zu lassen.

Irgendwann bekamen wir alle die Masern. Der Arzt kam ins Haus, inspizierte unsere Flecken, maß die Temperatur und schickte uns mit freundlichem Zuspruch auf den Weg der Genesung.

Im Sommer glühte der Garten in einer Hitzewelle, der Tennisplatz trocknete aus, die Blumen in den Beeten standen in Flammen. Wir lagen in der grasigen Ecke, wo Onkel Jim seine Walze stehen hatte, im Schatten und lasen, bis es kühl genug wurde, zu dem kleinen Felsenstrand unterhalb des Hauses hinunterzugehen und ein abendliches Bad zu nehmen.

An einem Sommermorgen standen wir zu nachtschlafender Zeit auf und wanderten nach Newlyn hinunter, um den französischen Krabbenfischern dabei zuzusehen, wie sie in den Hafen zurückkehrten und ihren Fang abluden. Als der Sommer zur Neige ging, sammelten wir Brombeeren für Hildas Brombeergelee und unternahmen Picknickausflüge auf die Moore, wo der Farn sich schon golden färbte und die Heide in riesigen lila Polstern blühte.

Dann kam schon Weihnachten, Lichterglanz und selbstgebastelte Girlanden verwandelten das Haus. Onkel Jim brachte einen Baum mit, der im Vestibül aufgestellt und von uns mit altem Schmuck geputzt wurde, mit Engeln, bunten Vögeln, glitzernden Kugeln und Lametta, alles aus den Tiefen eines großen Kartons hervorgekramt. Den Truthahn spendete ein dankbarer Bankkunde, Hilda backte Plumpudding und Kuchen, die in der Küche die köstlichsten Düfte verströmten.

Für mich war das alles neu und voller Zauber. Meine Mutter hatte wenig Sinn für Weihnachten und stellte nie einen Baum auf. Er mache zu viel Schmutz, behauptete sie, und wenn man Mistelzweige aufhänge, müsse man die nur nachher wieder herunternehmen. Ich liebte die vorweihnachtliche Geheimnistuerei um liebevoll eingepackte Geschenke und verbotene Schränke, genoss es, allen kleine Aufmerksamkeiten zu kaufen und sie zu verstecken, bis ich sie am Weihnachtsmorgen verteilen konnte.

Das Jahr war beinahe um. Im Februar kehrten meine Mutter und meine Schwester aus Burma zurück, und ich zog wieder zu ihnen nach Lelant.

Es hätte schwierig werden können, aber ich war in dem vergangenen Jahr viel erwachsener geworden, hatte Selbstvertrauen gewonnen und ein sicheres Gefühl für mich selbst. Ich sagte mich von der Christlichen Wissenschaft los und weigerte mich, an den farblosen Gottesdiensten im Versammlungsraum der Gemeinschaft in St. Ives teilzunehmen. Und

ich machte mir nichts mehr aus den bissigen Bemerkungen meiner Schwester über mein Aussehen. Ich war größer und schlanker geworden und wusste jetzt, dass ich nicht dumm war. Wenn ich wollte, konnte ich andere zum Lachen bringen.

Irgendwie war es schön, wieder zu Hause zu sein, es war, als schlüpfte man in ein altvertrautes Paar Schuhe. Und mir wurde bewusst, wie sehr es mir manchmal gefehlt hatte, allein und ganz für mich sein.

An meinem ersten freien Tag zurück in Lelant begab ich mich auf eine lange Wanderung, um alte Lieblingsplätze aufzusuchen und mich zu vergewissern, dass sich nichts verändert hatte. Mein Weg führte mich zu den Eisenbahngleisen und dem alten Deich, zu dem schmutzigen kleinen Strand, wo auf dem Kies ausrangierte Fischerboote verrotteten, und weiter über die sandigen Golfplätze. Ich stieg die Dünen hinauf und blickte hinunter auf den weiten, jetzt, bei Ebbe, unberührten Strand und das Meer, das sich glatt und blau bis zum

Horizont dehnte, während in der Ferne verschwommen die Häuser von St. Ives sichtbar waren. Es war die reine Wonne, mit meinen Gedanken allein zu sein, niemanden um mich zu haben, der mit mir reden oder mir erzählen wollte, was er am liebsten tun würde.

Es war vielleicht das Ende meiner Kindheit. Harriet kam auf ein Internat, Sarah folgte ihr ein Jahr später. Ein Krieg drohte, wenngleich wir immer noch alle hofften, er würde sich vermeiden lassen. Meine Schwester ging nach London, um sich eine Arbeit zu suchen. Als schließlich unseren Hoffnungen zum Trotz tatsächlich der Krieg ausbrach, trat sie dem Women's Royal Naval Service bei, und ich tat es ihr gleich, sobald ich die Schule abgeschlossen und Maschineschreiben gelernt hatte.

Mit Tante Kitty verband mich über die Kindheit hinaus eine enge Freundschaft. Als Onkel Jim mit siebzig starb, blieb sie im Haus der Familie, aktiv wie immer, mit dem Garten, der Kirche, ihrem Bridgespiel und, später, mit ihren sechs Enkelkindern beschäftigt. Ich heiratete und bekam selbst Kinder, mit denen ich jedes Jahr nach Cornwall reiste. Einmal, als wir in Penzance beim Einkaufen waren, sah ich plötzlich, wie Tante Kitty, mit zwei vollen Einkaufstüten beladen, die Straße hinunterging. Ich hielt den Wagen an, und nachdem wir uns erfreut umarmt hatten, fragte ich, wohin sie wolle. «Ach», sagte sie, «ich bringe nur den armen Alten im Altersheim ein paar Stangenbohnen.» Dabei waren wahrscheinlich die meisten der «armen Alten» mindestens zehn Jahre jünger als sie!

Sie erreichte ein hohes Alter, und als sie starb, übernahmen Harriet und ihr Mann das Haus, in dem wir alle so glücklich gewesen waren. Auf sie folgte nach einem weiteren Jahrzehnt Harriets Tochter mit ihrer Familie. Ich bin überzeugt, dass das noch über mindestens zwei Generationen so weitergehen wird.

Meiner Mutter habe ich immer die Treue gehalten. Hübsch, tüchtig und amüsant, wie sie war, konnte sie auch launisch und stur sein, manchmal sogar ausgesprochen unzuverlässig. Aber *sie* hat uns damals nach Cornwall gebracht. Ohne diese geniale Entscheidung hätte ich all das, was ich hier beschrieben habe, nie erlebt. Ich werde ihr immer dankbar sein.

Rosamunde Pilcher wurde 1924 in Lelant/Cornwall geboren, arbeitete zunächst beim Foreign Office und trat während des Zweiten Weltkrieges dem Women's Royal Naval Service bei. 1946 heiratete sie Graham Pilcher und zog nach Dundee/Schottland, wo sie seither wohnt. Rosamunde Pilcher schreibt seit ihrem fünfzehnten Lebensjahr. Ihre Romane haben sie zu einer der erfolgreichsten Autorinnen der Gegenwart gemacht.